KB102125

사람의 향기
　　그리운 날에

김형규
시집

사람의 향기
그리운 날에

좋은땅

이른 아침, 베란다 창밖으로 물안개가 피어오른다.
물비늘을 동반한 천안천이 기지개를 켠다.
격정에 잠을 설친 긴 밤이 꼬리를 감추는 시간.
삶의 순간순간이 솟아나는 감정의 연속이다.
그런데 다스리기가 쉽지 않고
소비하는 과정은 더더욱 어렵다.
고(苦)와 락(樂)이 엮어 가는 생(生)의 이중주.
그때마다 습관처럼 눈을 감고 상념에 젖는다.
가끔은 펜을 끄적거리거나 자판을 두드리기도 한다.
한참의 시간이 흐르면 수초처럼 헝클어진 마음이
어둠에 잠기는 밤바다처럼 차분하다.
감정이 제자리를 찾아 순화되는 느낌이다.
기분이 좋다.
소극장 무대의 조연 같은 삶이지만
굴곡진 삶의 순간마다 기댈 수 있는
양지 같은 가족들,
내 삶의 주인공인 들꽃 같은 아이들과 함께라서

더 좋다.

빛바랜 오랜 기억처럼 아스라이 달아나는

일상 속 편린들.

소중한 흔적들을 하나하나 붙들어 모은다.

가만히 펼쳐 본다.

내 삶의 인연들에게 고마운 마음이다.

2024년 6월 신록의 교정에서

김 형 규

고등학생들의 깔깔대는 웃음소리를 들으면 아득한 학창 시절이 떠오릅니다. 풀 내음과 흙먼지 가득한 운동장, 남색 체육복과 교복, 와자지껄하던 급식실. 얼마 전 추억에 젖어 고등학교를 찾았습니다. 학교 건물이 이렇게 작았나 반추하던 찰나, 17살의 소녀는 벌써 결혼을 앞둔 나이가 되었음을 깨닫습니다.

시(詩)란 그런 게 아닐까요? 내 마음 안에 자리하던 고등학교 시절, 그때의 추억과 설레던 감정은 시간과 함께 흐릿해져 갑니다. 그 찰나를 자음과 모음에 꽉꽉 눌러 담아 기록하는 작업. 먼 훗날 시를 통해 마음 한켠에 숨겨진 기억을 다시 마주하는 것이죠. 선생님의 마음을 들여다보자 10대 시절 3년의 추억이 한꺼번에 밀려왔습니다. 울컥하고 차오른 눈물은 기쁨, 그리움, 아련함 등이겠지요.

국어를 통해 인생을 가르쳐 주시던 선생님. 시험 점수와 수능만을 위함이 아니라 우리가 문학 작품을 느끼도록 이끌어 주시던 모습이 기억납니다. 선생님께 배운 황지우 시인의 '너를 기다리는 동안'과 '거룩한 식사'는 여전히 제 마음 한켠에 추억처럼 살아 반짝입니다. 기다림에 대한 상념에 잠기고 사회에 관해 눈을 뜨던 순간. 그렇게 선생님께서는 자신만이 아닌 세상을 따스하게 바라보는 눈을 열어 주셨습니다.

30년간 살아왔지만 세상은 여전히 낯설기만 합니다. 단 한 가지 깨달은 건, 세상은 아프고 고통스러운 감정이 난무한다는 사실입니다. 시(詩)를 사랑하시는 선생님께서는 그 감정을 고스란히 받아 내셨기에 더 많은 눈물을 삼키지 않으셨을까, 감히 짐작해 봅니다.

10대 시절 선생님께 배웠기에 세상에 따뜻한 마음을 가지고자 몸부림이라도 치고 있습니다. 부족한 삶이라 부끄럽기만 합니다. 사람의 향기와 생명을 찾으려 글을 쓰시는 선생님께 존경의 마음을 표하며 은은한 향기에 젖어 봅니다.

여의도에서 선생님의 영원한 제자
성 채 린

목차

I.   동행 – 가족 그리고 친지

II.   생의 풍경 - 인간 그리고 자연

III.　강물처럼 – 학교 그리고 사회

Ⅰ. 동행

- 가족 그리고 친지

인생에는 세 가지 즐거움이 있다. 그 첫째는 부모님이 살아 계시고
형제들 간에 탈이 없는 것이다.

- '맹자 진심편(盡心篇)' 중에서

구두

구두 뒤축이 닳아 쇳소리가 나고 낡은 주름이 잡혔다

아내는 궁상맞다며 새 구두를 신으라고 성화지만

난 아무래도 헌 구두가 더 좋다

새로운 만남보다 오랜 정에 길들여진

익숙함 때문이리라

울퉁불퉁 밤길을 갈지자로 비틀거릴 때

진창에 빠지고 빙판에 미끄러질 때

폭폭한 육신을 말없이 감싸 주고

한결같은 보폭을 올곧게 내디디며

내 삶의 흔적을 정직하게 지켜 주는 동반자

나도 이제 누군가의 구두가 되고 싶다

밟히고 눌리는 고통 참아 내며

지친 발걸음 살갑게 보듬을 줄 아는,

먼 길 걸을 때

제 살 깎아 내며 함께 동행할 줄 아는

저녁 식탁에서

허기진 하루가
식탁에 앉아 저녁을 기다린다
늦은 저녁을 투정으로 만지작거리다가
무심결에 숟가락을 뒤집어엎으니
영락없는 무덤이다
그놈이
보잘것없는 밥벌레 한 몸뚱이
이리저리 노려본다
그렇군!
삶과 죽음의 거리가
이리 가까운 것도 모르고
화끈 달아오르는 낯짝을
모락모락 더운 김이 감싸 준다
아내가 차려 주는 밥상 앞에서
뒤늦게 철이 드는 오십 줄 인생

아버지의 노래

"느 아부지 아무래도 망령 들었나 부다"
한여름 햇살이 불꽃처럼 녹아내리던 날
아버지는 마지막 추억을 노래하듯
새파란 은행을 마당 가득 떨어 놓고는
기억의 소자마저 홀홀 떨어내 버린 채
예순다섯 세월의 문을 안으로 안으로 닫아걸었다
바람은 오늘도 꽃잎 날리며 사선으로 유영하는데
다섯 자식 악다구니에 끝내 무너져 내렸다
이따금, 지상의 열린 틈으로 던지는
내 아비의 메마른 시선
눈물로 토해 내는 저 깊은 내면의 응어리들
세상을 부여잡은 마지막 인연의 끈마저
한 올 한 올 풀어내고 계시나 보다
홍두깨보다도 더 가늘어진 허벅지
살가죽은 오래된 수건처럼 거칠어지고
얼마나 남았을까, 고통을 동반한 이승에서의 추억
사위어 가는 어둠
굽이치는 세월의 잔해 위로

하얗게 부서져 내리는 내 아비의 거친 숨소리

* 해마다 가을이면 온 식구가 모여 담장 가 아름드리 은행나무의 은행을 떨었
다. 은행알의 악취 속에서도 모두가 하나 되어 은행을 떨고 모으고 정리하며
하루를 즐겼다. 그리고 함께 저녁을 먹었다. 온 식구가 함께하는 그 하루가
아버지에게는 행복이고 추억이었나 보다. 한여름이었는데 아버지는 주말에
다니러 온 막내 사위와 함께 익지도 않은 새파란 은행을 한 양동이나 떨었다.
엄마는 동네 챙피하다며 노망이라고 했다. 그리고 아버지는 그날 저녁 쓰러
지셨다. 의사는 뇌경색이라고 진단했다. 아버지는 아마 당신의 운명을 아셨
나 보다. 그래서 새파란 은행을 떨며 가족들과의 마지막 추억을 즐기셨나 보
다. 착잡한 마음을 어찌해 볼 도리가 없다.

사골국

시골 사시는 어머니
아들집에 다니러 오시며 사골 몇 개 사 오셨다
사흘도 안 돼 시골집 일이 걱정된다며 돌아가셨지만
나는 안다, 아들 내외에게 짐이 되지 않으려는
어머니의 마음을
사골을 끓이며, 재탕 삼탕 끓이며
국물이 뽀얗게 우러나면 우러날수록
골수가 빠져 흉물스런 사골들을 보았다
해가 갈수록 수척해지시는 어머니
어머니의 뼛속도 이렇게 비어 가는 것은 아닌지
다섯 남매 키우시느라 어쩌면
텅텅 빈 지 오래일는지도
라면과 햄버거에 익숙해진 어린 아들도
사골국에 밥을 말아 잘도 먹는다
그놈은 알 수 있으려나
끓이면 끓일수록 뽀얗게 우러나는
나이를 먹으면 먹을수록 더욱 그리운
내 어머니의 체취를

불혹(不惑)

마흔 고개에서
잰 발걸음 멈추고 되돌아보니
내 안에 섬이 자라고 있었다
불빛 사라져
찾는 이 하나 없이
저 홀로 문을 닫아 잠그는,
잿빛 심연 속으로
한없이 한없이 가라앉기만 하는

임종

삼 년 동안 병석을 지키다 마지막 가시던 날
흰머리 풀어 헤치고 조용히 눈을 감으시던 날
초봄인데도 백설기처럼 새하얀 눈이
댓돌 할머니 신발 위에 소복이 쌓였습니다
젊어 혼자 되신 후, 삼십 년을 외롭게 사시다
어린 손자의 임종을 받으며 봄눈 녹듯 그렇게 가셨습니다
여위고 찬 가슴을 헤치고 당신께서 평생을 지켜 오신
십자고상을 안겨 드리자 할머니의 얼굴에
살아생전 본 적 없는 평온함이 드리워졌습니다
그 마지막 미소가 서러워서,
그 흰 무명 치마가 너무나도 눈부셔서
어린 손자는 밤새도록 목메어 울었습니다
창밖에서는 봄눈이 하얗게 밤을 지새고 있었습니다

- 고3 시절인 1983년에 쓰다

* 반 아이가 할아버지상을 당했다. 암 투병을 하시다가 생의 끈을 놓으셨나 보다. 아이의 빈자리를 보다가 문득 고등학교 시절 할머니의 임종이 떠올랐다. 3년간 병마와 싸우시다가 1983년 4월 2일, 부활절 전날에 주님의 품으로 가셨다. 기억의 소자가 선명한 어린 시절부터 내게 무한사랑을 주셨던 할머니의 죽음은 내게는 감당할 수 없는 충격이었다. 할머니가 돌아가셔서 모두들 울며 슬퍼했는데 나 혼자만 눈물이 나지 않았다. 고모는 그런 나를 가리키며 할머니 사랑을 혼자 독차지했는데 울지도 않는다며 나무라셨다. 사실 슬픔과 충격의 도가 넘쳐 울음조차도 내 몫이 아니었었다. 삼우제를 끝내고 돌아온 날, 깊은 잠에 들었다가 한밤중에 홀로 깨었는데 늘 곁에 계시던 할머니의 손이, 할머니의 따스했던 가슴이 만져지지가 않았다. 그제야 할머니의 부재를 실감하고는 참았던 눈물을 쏟았다. 말 그대로 밤새도록 할머니 생각에 숨죽여 울었다. 그토록 많은 눈물을 흘렸던 적이 없었다. 그해 5월 할머니가 사무치도록 보고 싶어 일기장에 끄적거린 흔적을 반추해 본다. 어찌 가족의 죽음으로 인한 슬픔을 눈물로 다할 수 있으랴. 반 아이의 마음을 헤아려 본다.

순정

바다가 울었다

쪽빛 물결 수줍은 자태 살포시 눈을 감았다

오랜 세월, 고이 간직해 온 부끄럼 빛내며

이내 옥빛 가슴을 열었다

뜨거운 그리움이여!

숨죽여 달래며 꺼이꺼이 우는 밤,

검붉은 핏덩이 쏟아 내며 울다 지쳐 널브러진 가슴,

그 앙다문 세월 속으로 자박자박 걸어 들어갔다

해운이 걷힌 생명의 바다

길손처럼 스치던 바람,

다사로운 햇살 받으며 길 아닌 길 위에 또아리를 튼다

푸른 심장을 스치는 저 먼 수평선

격정으로 포효하다 포말로 부서지는 바다

메마른 대지를 적시는 검푸른 바다의 흐느낌

속울음 토해 내며 자분자분 새하얀 가슴을 열었다

스물일곱 해의 기나긴 기다림,

향기로운 바다가 눈을 뜨니

나는 또 황홀에 겨워 눈이 부시다

아내

제 몸보다 긴 석양을 안고 돌아와
살진 저녁을 만들고
고운 손길로
어린 놈 달래 재워 놓고
밀린 빨래로 늦은 밤을 대신하다
수초처럼 풀어져 잠든 채,
거친 숨결로 하루를 토해 내는
내 안의 작은 하느님

남당리에서

바다가 울었다
어둠을 몰고 오는 바람 앞에서
한세상,
지은 죄도 없이 제 가슴을 열어
붉은 살점들을 하나하나 송두리째 내어주고도
뭍에의 그리움 하나만을 부여잡은 채 조용히 울었다
저녁 어스름,
세상의 중심으로부터 점점 멀어져 가는
저 깊은 암흑 속으로의 나락
유정한 꿈들을 파도에 실려 보내며
시난고난 이어 온 인고의 나날들
또다시 새벽이면,
마지막 남은 온기로
자궁까지 드러내며 삶의 발길들을 맞이하는데
거기 검푸른 파도 너머로
어머니,
당신의 여윈 세월이 물결치고 있었다

두통

가슴을 비집고 파고드는 바람처럼

내 생의 질서를 깨뜨리며 찾아오는 불청객

허허로운 발걸음들이 도심 속으로 숨어 버린 시간,

문득, 비타민C가 그리워 사과 몇 알 산다

사과 봉지에 매달려 가는 힘겨운 육신

사람에게는 저마다 지고 가야 할 삶의 무게가 있는 법

낙엽과 결별하는 나무처럼, 나도

잠시 버거운 삶의 더께를 내려놓고 싶다

우적, 사과 한 입을 베어 문다

흰 살에 명징하게 묻어나는 선홍빛 상흔

잿빛 하늘마저 어깨를 짓누르는데

도열했던 뇌세포들이 또다시 반란을 꿈꾼다

아버지

아버지는 늘 말이 없었다

늦도록 술을 드시고 온 날이면

아들은 말없이 제 아버지 눈치만 살폈다

무릎에 안겨 어리광 부릴 줄도 몰랐고

혼잣말로 한참을 읊조리다 힘없이 쓰러지는

아버지의 이부자리 한 번 펴 드릴 줄 몰랐다

그때 아버지는 쓸쓸한 전사였고,

들녘에 서서 방황하는 방랑자였다

세월 흘러 몸만 다 자란 지금

어쩌다 술 한잔하고 어린 시절 아버지로 돌아가면

어린 아들놈은 가슴을 파고들며

하루 동안의 제 세계를 쉴 새 없이 펼쳐 보인다

제 아비의 거친 수염도,

퀴퀴한 누룩내음도 마다않은 채

아버지는 요즘도 통 말이 없다

습관처럼 빈 들녘만 바라보다 이따금

어린 손자의 재롱에 세월의 무게를 잊고

넉넉한 가슴을 열어 보인다

그런 아버지를 볼 때면
찬바람이 밤새도록 들창문을 때리던
세월 너머 어린 시절
그 쓸쓸했던 아버지의 품이 그립다

우울한 날에

마음 달래지 못해

바람에 나부끼는 날

거할마(巨瞎馬)처럼 비상을 꿈꾸다

갈라지는 세월에 날개가 베였다

허공을 떠돌다

점점이 번지는 붉은 울음

한없이 낮은 무게로 밀려와 이내

시간의 틈새를 빠져나가는 텅 빈 저녁

그물망을 유린하는 바람처럼

어찌할 수 없음에 몸부림 떨다가

젖은 마음 훌훌 내다 걸지도 못한 채

허방처럼 쏟아져 내리는 내 청춘의 부스러기들

* 거할마 : 주둥이가 흰 말

동행

별빛이 베란다 창가를 기웃거리는 밤
다섯 살 난 아들 손 잡고 산책 가는 길
"아빠, 난 언제 아빠처럼 어른 돼요?"
"글쎄, 아빠가 할아버지처럼
머리가 허얘지고 주름살 많이 생기면…"
"싫어, 아빠 난 그럼 어른 안 될래요!"
별들도 오순도순 속삭이며 길을 걷고 있었다

시몬 애가(哀歌)
– 죽마고우 창국이를 기리며

시몬이 떠났다
줄달음치는 문명에 비껴
날빛처럼 즐비한 차량 사이로
네가 버린 세월이 헝클어져 있었다
다테오와 요셉 그리고
너무 맑아서 외로웠던 영혼, 시몬
셋이서 함께 술을 마신다
술잔은 셋, 정작 주객 하나가 없다
주인 잃은 술잔만이 이슬을 머금었다
삼양동 단칸방에서 주린 배를 움켜쥔 채
속울음을 토해 내던 지긋지긋한 가난
호사스런 예수 그리스도마저
스물여섯 짧은 꿈을 외면한 세상
검푸른 포도 위에 널브러진
죽어서도 가볍지 못한 너의 영혼 위로
손수건만큼 붉게 젖은 눈길을 던져 주었다
흐린 날 오후,

네가 누운 용미리 산언덕엔

메마른 세월의 잔해들만 무성하다

애주론(愛酒論)

그녀를 처음 만난 건 고등학교 졸업 무렵 친구의 소개에 의해서
다. 첫인상이 썩 매력적이지는 않았지만, 그날 이후 그녀는 내 곁
을 맴돌며 즐거울 때나 괴로울 때나 나를 지켜 주는 벗이 되었다.
그녀의 옷은 거추장스러운 듯 중요한 부분만 가렸을 뿐이고 독
특하면서도 은은한 살내음을 지녔으며, 몸매는 밉상스럽지 않아
지그시 바라보노라면 마음이 편안해져 안기고 싶은 욕망에 온몸
이 서서히 달아오른다. 그녀를 안으면(아니 그녀가 나를 유혹할
때가 더 많다) 늘 부드러운 타액으로 내 메마른 입술을 촉촉이 적
셔 주고 감미롭게 혀를 더듬으며 이내 온몸 구석구석을 부드럽
게, 때론 격정적으로 애무한다. 그녀의 열정은 나를 감상적인 시
인으로, 격렬한 전사로, 때론 외로운 어릿광대로 만들었고 그때
마다 아내는 차가운 시선으로 그녀와 나의 관계를 투기하지만 포
기한 지 오래다. 어쩌면 나는 아내보다도 그녀를 더 사랑하는 것
은 아닐까? 아니, 그녀는 이미 풍진에 흔들리는 내 삶을 지켜 주
는 든든한 동반자가 되었는지도 모른다

화분

겨울답지 않던 날씨가 영하로 곤두박질쳐
아파트 화단에 내놓았던 화분을 베란다로 옮겼다
이파리마다 흑점이 생긴 난초가 던지는 청초한 미소,
화분처럼 내 마음에 들여놓은 사람
온실 속의 화초처럼 내 안에서 가슴 졸이던 사랑
이제는 낭창거리는 여린 난을 감싸는 화분처럼
내 안에 튼실히 뿌리를 내린
사랑의 영혼을 다사로이 보듬고 싶다
눈보라 치는 겨울날,
내 사랑이 머무는 따스한 양지가 되고 싶다

세면장에서

겨울의 잔해가 목덜미를 감도는 아침

밤새 의식의 언저리를 서성인

삶의 그림자가 메마르다

욕조를 잠식해 들어가는 수돗물처럼

목울대까지 치밀어 오르는 낯익은 구토

희부연 거울 속에 한 사내가 웅크리고 있다

검푸른 강심처럼 다가와 섬뜩하게 핏발 서는 눈동자

박토에 뿌리내린 들풀 같은 나날들

찬물을 한 옴큼 움켜쥔다

광대뼈 위 주름진 세월을 닦는다

산다는 건

거품으로 부풀어 오르다

손가락 사이로 빠져나가는 비눗방울 같은

세면대에 묻어나는 한 줌 머리카락 같은

기도 1

살아 마음을 나눈다는 건
서로의 가슴을 빌려
잠시 머물다
핏빛 상흔 남기고 떠나는 일이란 걸

영원히 사랑한다는 건
잿빛 하늘 맴도는 새를 보며
아득한 추락에 가슴 졸이며 사는 일이란 걸

둘째 놈 잃은
서른세 살 가파른 고갯길에서 알았다

분재(盆栽)

황토가든 화강석 난간 위에
분재들이 줄지어 서 있다
잘생긴 놈은 앞쪽에
못생긴 놈은 뒤쪽에
작은 놈들끼리 저마다 키재기한다
짧은 팔다리에 굵어진 허리
뿌리는 생장을 멎은 지 오래다
잘 다듬어진 기형의 몸뚱이
찬사를 자아내는 메마른 非情
한여름 오후
넉넉한 포만감으로 현관을 나서는데
구리철사에 온몸이 감긴 키 작은 소나무
황토를 그리며 속으로 울고 있다
다복솔 꿈꾸며 바람처럼 떨고 있다

십일월

가슴을 풀어 헤친 들판 사이로
길게 돌아누운 외줄기 강물
안락을 꿈꾸는 빈산의 상념(想念)에
바람은 손짓해 계절을 부르는데
묻고 살아가는 더부살이의 타성 속에서
세월의 여울에 갇혀 버린 일상의 그리움
알몸으로 드러나는 내 심약한 날의 편린들
이내
빈 가슴으로 허우적대다
연륜의 바퀴 속으로 사라지고
돌아서면
모두들 어둠 속에서 빛을 찾아 헤매는
그림자로 남는다
가을의 끝에 매달린 십일월처럼

너를 보내고

영하의 혹한 속으로 스러진 너
먼 길 떠나보내고 집으로 돌아오는 길
너 없는 세상이 온통 암흑이다
눈물은 마르지 않는 샘
불 꺼진 너의 창에 기대어 속울음을 삼켜도
돌이킬 수 없는 운명 앞에
처연히 무너져 내리는 육신
살아남은 죄인이기에 감당해야 할
온몸이 찢기는 할반(割半)의 고통
네 이름 석 자를 맴돌며 명멸하는 기억들이
아프게 아프게 가슴을 찌른다
악다구니 세상 속, 샘물처럼 맑았기에
한없이 외로웠던 영혼
그렇게 너의 짧은 한 생애가
속절없이 가슴을 후벼파는데
늙은 어미가 토해 내는
단장의 피울음만이 선연한 이 밤

나는 또 너를 숨죽여 불러 본다

- 한 해의 끝자락 12월 27일 깊은 밤에 사랑하는 작은형이

사부곡(思父曲)

길을 잃었다

한낮인데도 천지가 암흑이다

메마른 가슴 한 자리

꽃잎처럼 붉게 물들었는데

빛바랜 성찬의 밀어(蜜語)만이

비루한 시간 속에서 빛이 나는 세상

굴곡진 세월에 지치고 헝클어져 허공을 떠돌던 마음

끝내 비수에 찔려 검붉은 핏덩이 쏟아내다

앙다문 세월의 문마저 안으로 안으로 닫아걸었다

마흔 이후의 삶이야 덤으로 얻은 것일지라도

세 끼의 시간들이 천 일의 날들보다 더 아프다

격정으로 뒤채이다 통절하는 영혼

새벽이면 하얗게 하얗게 무너져 내리는데

넝마처럼 나부끼는 열아홉 순정만이 황홀에 겨웁다

* 2007년 9월 15일 토요일 아침, 아버지께서 끝내 내 곁을 영원히 떠나셨다.
  기댈 언덕이 없다. 슬프다. 내 나이 꼭 마흔에 아버지는 병마로 쓰러지셨다.

그날 이후 하루하루가 전쟁이다. 아슬아슬한 삶의 도정에서 그래도 의식 없는 아버지와의 만남은 가슴 설렘의 연속이고 끝내 찾아온 이별은 감당키 어려운 고통이다. 할머니를 떠나보낸 열아홉 청춘의 시절만이 그런 줄 알았는데, 아버지와의 결별은 더 아프고 그 상처는 더 깊다.

옥천에서
- 공동묘지에 누운 벗의 아비를 기리며

늦가을 오후
봉분이 너무 작아 오히려
옥빛 하늘이 눈부시게 서러웠다
자작나무 처녀애들
새하얗게 부끄런 나신들 사이로
네 아비가 버린 세월이
저만치 웅크린 채 말이 없었다
막소주 한됫병과 바꾼 인생이
저리도 덤덤하고 처연할 줄이야
이승과 저승
그 눈물 속으로 가라앉은
세상살이의 설움
저 멀리
줄달음치는 포도 위로
살가운 저녁 햇살만이
붉은 울음을 토해 내고 있었다

Ⅱ. 생의 풍경

- 인간 그리고 자연

사랑은 주는 것이 받는 것보다 더 행복하나니라.

- '신약성경 사도행전' 중에서

아드리아의 소녀

눈 감으면
크로아티아 해안의 오렌지빛 성채가
바다 위로 고개를 내민다
햇살마저 걸음을 멈추고 유영하는 도시
그 푸른 물결 위를 거닐던
집시 소녀의 밤 깊은 눈동자
지워지지 않을 시간의 무늬로
내 안에 머문 지 오래

우연히 만난 가슴에 노을이 지고
일상에 메마른 심신
한 움큼의 숨결로 토해 내던 밤
흐린 눈 적시던 호수공원의 파문도
오래도록 몸살 앓던 민들레 향기도
이제는 안녕

세월의 문을
안으로 안으로 닫아 잠그고

50년 너머 두브로브니크에서의 해후
그 붉은 언약을 가슴 졸이며 기다리는
유리알 영혼의 그 소녀

동해 후포에서

동해 바다 후포를 처음 만난 날
짙푸른 수평선에 눈을 베였다
제 몸보다도 수만 배 더 큰 바다를 살갑게 보듬는
그의 넉넉한 미소를 보았다
일상의 집으로 돌아온 늦은 밤
바다를 베고 누워
박꽃 같은 인연들과의 추억을 어루만진다
베드로와 마리안느, 헤라클리오와 데레사 그리고
먼 길을 함께 달려온 하얀 파도가
살며시 내 곁에 눕는다
이내
메마른 가슴을 촉촉이 적시며
나즈막이 속삭인다

성부와 성자와 성령의 이름으로……

그날 밤 파도는 내 품에 안겨
오랜만에 거인의 잠에 빠져들었다

묵향(墨香)

제 한 몸 곧추세워

날선 핏방울 토해 내다

수묵으로 젖어 드는 아픔만큼

짙게 배어나는 은은한 향기

화폭 가득 세월을 담아

흑백으로 영글어 가는 세상

닿는 그리움만큼

여백에 묻어나는 자방소심(自芳素心)

백목련

술렁이는 겨울의 길목에서
고이 간직해 온 언어들

인내라든지
희망이라든지

속살대며 다가와
지친 어깨를 감싸는 바람의 손짓

수줍은 듯 알몸 드러내는
순백의 영혼들

햇살조차 쓸어 담는
그 눈부신 자태
말없이 지켜 온 봄꿈이 영근다

진달래

삼월은 바람 끝에 감돌고
세월의 여울목
돌아누운 꿈들이 기지개를 켠다
피 토해 울어 버린 열두 자락 굽이굽이
핏빛 전설은 강물 되어 흐르고
꽃잎마다 맺힌 설움
한 점 선혈로 묻어나면
가냘픈 몸부림에 하늘이 운다

바람의 언덕

남루한 일상에 지친 육신이
쫓기듯 달려와 거제의 품에 안겼다
바람의 언덕,
길이 끝나는 곳에서 창백한 영혼만
다문다문 쓸어내렸다
쪽빛 바다 위로 겹겹의 시간들은 다투어 밀려오고
사무친 그리움들이 바스락거리며 하얗게 부서지는 곳
아득히 먼 인연을 찾아 헤매다 검푸른 바다에
이내 무릎을 꿇었다
한 발짝 디딜 곳 없어 차마 고개를 떨구었다
바람조차 오랜 여정에 쓰러지고
더 이상 갈 수가 없어
먼 수평선만 애달프게 손짓하는 땅
거제,
바람의 언덕에서
한 사내가 길을 잃었다

오월

진달래 붉은 미소 산천에 지고
목련꽃 향기마저 바람결에 묻힌 채,

그렇게 젊은 청춘들이 스러졌는데
그렇게 소리 없이 사월이 갔는데,

꽃잎 진 상채기마다
저렇듯 짙푸른 설움이 돋을 줄이야

몸살
– 유년기의 소녀를 위한 비망록

살포시 눈을 감았다
유년의 여울목
거기 어디쯤에선가
귓불을 뜨겁게 데우던 바람의 숨결
낮달 같은 소녀는
세월 속으로 떠나 버렸다
까맣게 반짝이는 머릿결만이
추억처럼 일렁거리는데
명멸하는 여린 기억 속으로
자박자박 걸어오는 소녀의 발자국
메말랐던 가슴에 노을처럼 물이 드는데
꽃이파리 화인(火印) 되어 아프게 아프게 피어나는 밤

달

세월을 건너온
한 줄기 야윈 바람
마른 껍질을 벗어 버리고
어둠의 시간 속에서
또아리를 틀기 시작했다
고독을 잉태하는 열두 달거리
핏빛을 토하며
신열에 몸살 앓더니
가을의 한가운데 자리를 깔고
질펀하게 피를 쏟았다
둥글게 둥글게 몸을 풀었다

봄날은 간다

하얀 바람이 불었다
서걱대는 대숲 사이로
살포시 물결 일 듯 다가온
가슴 저미는 아련함이었다
향기로운 소리는 눈에 보이지 않았다
이룰 수 없는 사랑이었기에
더욱 그리운 사람
봄꽃 수줍게 흩날리던 날
안타까이 사라져 간 너의 미소
감추어진 쪽빛 상흔이
소리 없이 피어나고 있었다
소실되는 기억 속으로
그렇게 봄날이 울며 떠났다

생의 풍경

한참을 걸어 고갯마루 오르다
폭폭한 발걸음 멈추고 뒤돌아본다

가붓이 손짓하는 낯익은 풍경들
내가 밟고 온 빛바랜 시간들이
눈 속에 묻혔다

손잡고 함께 걸어온 두 개의 발자국
서로를 응시하는 표정이 낮달 같다

허기진 감성 쓰다듬는 햇살의 속삭임에
새벽처럼 깨어나는 창백한 영혼

재

오색 무늬로 단장하던
삶의 퍼즐이 헝클어질 때
제 한 몸 불 속에 맡겨
까맣게 익어 가리라
고통을 수반한 다비쯤이야
한 줌 연기로 날려 보내고
마침내
한없는 가벼움으로
새하얗게 산화하리라

민들레

호수가 손짓하는 카페에 앉아
우즈강을 바라보던
버지니아 울프를 사색한다
열애를 따라온 이별의 시간 그리고
우울한 침묵의 언어들
그리움은 가슴에 담아야 하나
호수를 베고 누운 연꽃의 향연이 눈부신데
카페 민들레가 석양에 젖는다
떠나간 사랑이 호수에 잠긴다

사랑

창살에 기대어
허기진 가슴을 두드리는 살가운 바람
나뭇잎들의 은밀한 속삭임에
세월의 끝자락에 매달려
하얗게 익어 가는 12월
마주 보지 않아도
맞잡은 손 포갤 수 있고
서로의 가슴이 더워질 수 있다면
그리하여 아름다운 이름 석 자 간직할 수 있다면
그리움은 더 이상 만남이 아니어도 좋다
무수한 인연의 실타래
그 끄트머리 부여잡은 손 파르르 떨린다
깊어 가는 겨울날 저녁
잊혀진 이름 곱게 접어
살포시 가슴에 담는다

꽃

함초롬히 머금은
영롱한 이슬처럼
해맑은 부끄럼 숨기며
돌아서서 눈 흘기던 황홀함
까만 눈동자에 어리는
두어 방울 눈물의 속 깊은 밀어
호숫가 풀 향기
겨울의 끝자락에 매달려
속절없이 부서지던 날의 사연들
오래도록 가슴에
빛바래지 않을 화문(花紋)으로 남아
삶의 온기로
다문다문 피어나는 사람

장마

마른하늘에
빗장이 풀리고

나뭇잎 검푸른 촉수가
메마른 침묵의 강을 흔들어 깨운다

수렁 같은 가슴에
점점이 붉게 퍼지는 파문들

물결치는 그리움에 아랑곳없이
계절은 깊어만 가는데

행주처럼 젖은 마음
어데다 내다 걸어야 하나

타인

생(生)의 경계에 인연의 그림자가 머뭇거린다
내 안의 '나'를 흔들어 깨워
일상 너머를 주시하고
표연히 찾아와 명멸하는 생의 감각 사이로
기쁨과 슬픔이 교차하는 경계인의 운명
차라리 눈을 감자
불면으로 타오르는 고뇌의 순간들
먼 후일
생과 또 다른 생의 눈부신 조우를 기약하는
적멸(寂滅)의 꿈만이 아득하다

인연

여린 살갗을 파고드는 가시의 눈물
그 남루한 잿빛 추억
더 이상 그리움이 아니어도 좋다

그래 그런 거지
산다는 건
가슴을 적시던
겨울 해조음처럼
너무 가볍지 않게
낯설은
바람의 손짓으로 그렇게 잊혀지는 거

낙엽 유정

머리끝까지 점령한 날선 오기로
젊음을 버텼다
시퍼렇게 반짝이던 질풍의 날들은
사선으로 시들어 가고
한 그루의 무게에 매달린 고독한 사투
가을빛의 구애에 끝내 무릎을 꿇어야 하나
한평생 동경해 온 하늘 길에는
정적을 가르는 철새들의 항해
바람을 몰고 오는 햇살에 몸살 앓다가
이내 지상의 비옥한 시간 속으로
잠행하는 영혼들이여
잿빛 세상을 아름답게 채색하는
저 눈부신 혁명의 물결이여

겨울 소묘

영하의 시공을 건너온
지친 눈발들이
적군처럼 쓰러진다
먼 허공을 가르던 시선마저
차갑게 백기를 들고 투항한다
잿빛 영혼만이
자리를 잡지 못하고
집시처럼 떠도는 저녁
어데로 가야 하나
산다는 건
그리운 이의
낡은 엽서 소인처럼
서서히 빛이 바래는 거
하늘에 새겨 놓은
철새들의 발자국처럼
흔적도 없이 사라지는 거
순백의 사연들로 채색된
유리알 추억만

여린 두 손으로 감싸안는데
빈 가슴으로 핏빛 노을이 진다

대천에서

마음이 무쇠 같은 날
가벼워지고 싶어 바다를 찾았다
겸손한 밤이 성난 파도를 어루만지는 사이
모래알 속으로 스며드는 녹슬고 허름한 세월
쉴 새 없이 발바닥을 간질이고
욕정을 자극하는 포말들 뒤로
또 다른 시간의 그림자가 날갯짓을 하고 있었다
그
날
밤
바다는 끝내 나를 겁탈하고 달아나 버렸다

첫눈

더 이상 날아오를 길 없어
세파에 젖은 날개만 파닥이다
상처 입은 날들이 풀썩 주저앉는다
지친 몸뚱어리,
빛바랜 살결 위로
뜻 모를 언어들이 떠돌다 소복이 쌓이고
살 내음 그리워 흐느끼는 몸부림에
빗장 채우고 총총히 돌아서는 가슴들
정지된 시간을 가르며
분수처럼 부서져 내리는
내 어린 날의 은빛 꿈들이여!

설화(雪花)
– 계룡산 관음봉에서

40여 년,
빛과 어둠을 날개 삼아
고물고물 새날을 꿈꾸었다
어둔 하늘을 비상하던 열정의 불덩이
언 땅을 향해 내리꽂히던 순백의 비수
박제(剝製)되었던 언어가
마침내 허물을 벗어 버리고
나뭇가지에 살포시 둥지를 틀었다
제 몸의 온기로 새 생명을 피워 올렸다
아, 눈 시리도록 뜨거운 저 은빛 물결들이여!

Ⅲ. 강물처럼

- 학교 그리고 사회

갈매기들에게 문제가 되는 것은 나는 것이 아니라 먹는 것이다. 그러나 갈매기들에게 중요한 것은 먹는 것이 아니라 나는 것이었다.

- 러처드 버크, '갈매기의 꿈' 중에서

강물처럼

물방울로 머물러 있을 때는 몰랐다
서로가 아프게 몸을 섞어야만 흐르는 존재라는 걸,
끝없이 낮고 메마른 땅을 찾아 떠나야 한다는 걸
일상의 웅덩이에 갇혀 물길을 잃은 채,
자고 나면 녹물이 흘러 썩어 가는 가슴들
더러는 하늘로 올라 물빛 바람으로 흐르다가
살가운 손길로 대지를 어루만지는,
어둠에 맞서 검푸른 분노로 용트림하다가
새벽이면 물안개 다발다발 피워 올리는
저 푸른 물방울들의 어울림을 보라
눈시울이 붉어질 때면,
눈멀어 길 아닌 길에서 비틀거릴 때면
육신의 허울을 벗어 버리고
묵념의 가장자리로 비켜서서
빈 가슴에 강심의 날선 요동을 담아내고 싶다
그대, 말없이 포효하는 강물처럼 흐르고 싶다

비망록(備忘錄)
- 4.16 어린 꽃들을 위한 비가

지독히 병든 세월이었다

시퍼렇게 멍든 하늘마저 낮게 엎드리던 날

해무(海霧)로 위장한 바다는

한 마리 허기진 짐승이었다

저 깊은 바닥에 꽃덤불로 뒤엉킨

새하얀 생명들이 절규하는데

팔짱 낀 세상은 하나도 슬퍼하지 않았다

선창에 매달린 가녀린 희망만이

신음으로 나부끼다 심연 속으로 방울방울 가라앉았다

메마른 잿빛 도시에 피어나던

청춘의 꽃이파리들이 스러진 자리에

조각난 꿈들이 피지도 못한 채 부유(浮游)하는

칠흑 같은 사월이다

사람의 향기 그리운 날에

그대,

샘물을 길어

푸른 바람 잉태하는 한 그루 나무이거나

길이 끊어져 버린 거기 어디쯤

한 발 앞서 피어 있는 들꽃입니다

땡볕, 불볕 온몸으로 받아 내며

소리 없이 흐르는 외줄기 강물입니다

일상에 젖은 눈들 씻어 주는 삽상한 바람이어도 좋고

굽어 대지를 감싸는 아늑한 산자락이라도 좋습니다

모두들 눈멀어 해만 좇는 세상에

스스로 음지를 지향하는 달빛의 넉넉함

어둠 속에서도 타협을 거부하는 정밀한 고뇌로

새 길을 만들어 가는

그대의 뿌리 깊은 진실을 듣고 싶습니다

어둔 세월, 희망의 등불을 내걸며

터벅터벅 길을 가는 점등인의 발자국 소리

길은 또 다른 길을 낳는 법

독한 사람의 냄새가 그리운 날에,

흔들림 없는 몸짓으로 새날을 열어 나가는

그대의 타오르는 숨결을 느껴 보고 싶습니다

나무처럼

박토의 세월에 뿌리를 내렸다
땅속 깊이 흐르는 샘물
삼단 같은 촉수로 길어 올려
푸르른 바람을 잉태해 낸다
때론 폭염에 맞서 대지를 지키다
제 한 몸 불살라
세상의 흐린 눈들을 씻어 주는,
한겨울 들판에 꼿꼿이 서서
온몸으로 눈보라에 맞서다
마지막 허울마저
곱게 벗어 줄 줄 아는
너를 닮고 싶다

낙지

삽교천 둑방 너머 바다가 문을 열면
어시장 한 귀퉁이 해초를 닮은 늙은 촌부(村婦)
접시 가득 도막난 숨결들을 담아내 온다
삶의 끝자락에 매달린 무골의 영혼들
뼈대 없는 서러움을 고물고물 토해 낸다
흡반 속에 고이 간직했던 마지막 꿈결들이
검푸른 바다 밑 개펄 속을 유영한다
삶의 옹이들이 켜켜이 쌓일수록
이우는 달처럼 자꾸만 중심을 벗어나는 세상살이
소주 두 병에 곤추선 오기들이
힘없이 무너져 내린다
무골의 생들이 낙지처럼 뒤엉켜
가쁜 숨 몰아쉬며 사위어 가는
삽교천의 오후

열아홉, 그리고
– 고3 제자들에게

열아홉,

나머지 하나를 채우기 위해
몸부림치는 금기(禁忌)의 시간들
불투명한 미래로 흔들리는
습작 같은 인생

그래,
행간을 밝히는 눈동자로
때로는 치기(稚氣)를 잠재우는 불면으로
숨겨진 조각을 찾아
삶의 무늬를 맞추어 가는
고뇌 어린 몸짓

자박자박 내딛는 걸음마다
세상의 중심을 향한 길이라는
믿음 하나로
뚜벅뚜벅 정진(精進)하는

몸살 앓으며 비상(飛翔)하는

그렇게
튼실히 영그는
뜨거운 목숨들이여

사월에는

사월에는
등 돌리고 돌아누웠던 꿈들이 꿈틀거린다
피 토해 울음 울던 두견화(杜鵑花) 새로 피면
논바닥에 내팽개쳐진 겨울의 잔해들 사이로
갑오년 우금치의 함성이 들려오고
피의 제전에 치 떨던 짙푸른 분노가 용트림한다

사월에는
어깨를 짓누르는 검은 외투를 벗어야 한다
겨우내 외면해 온 비겁한 침묵을 거두어야 한다
속살까지 스며든 나약한 양심을 떨쳐 버려야 한다
보이는 곳에서
때론 보이지 않는 곳에서

손 맞잡고 어둡고 가파른 길 더듬다
가시에 찔려 붉게 흐를지라도
엎어져 깨어져 부서질지라도
서로의 눈빛을 읽어야 한다

가슴까지 파고드는 바람을 잠재우고
자유와 사랑으로 호흡할 수 있어야 한다

이 살가운 사월에는

너를 보내며
- 제자 용석이의 죽음을 애도함

아카시아꽃 수줍게 피던 날

너의 그림자는 하얗게 지고 있었다

잿빛 포도에 붉은 피가 흐르고

널브러진 책가방 위로

청청한 너의 꿈들이 부서져 내렸다

목숨보다 붉은 울음을 토해 내는

아비의 머리맡에서 넌

말없이 웃고만 있었지

작은 키로 세상을 올곧게 살려던

해맑은 눈으로 세상을 넓게 보려던

너의 희망이 한 다발 국화 향기로 피어나

말없이 우리들 곁을 맴돌고 있구나

아직도 네 자리엔 풋풋한 너의 숨결이 남았는데

우리들의 가슴속엔 너의 웃음소리가 물결치는데

이 세상 마지막 이별이 애달퍼

너의 영혼 따뜻한 바람 되어

교실 창가를 서성이는구나

이제

너의 작은 어깨를 짓누르던 삶의 무게들

훌훌 떨쳐버리고

네가 꿈꾸던 세상 만나

찰진 새 삶을 펼치려무나

오월이면

지천으로 흐드러질 봄꽃 속

살진 그리움으로 피어나려무나

스승의 날에

오늘
가슴에 카네이션 한 송이 달았습니다
밝은 얼굴로 다가와 수줍은 미소 남기고 돌아서는
아이의 등 뒤에
해가 갈수록 작아져만 가는 내 모습이 있습니다
배우고 가르치는 일에 방향도 없이 흘러온
삶의 흔적들
더불어 사는 삶을 알아야 할 3월은
망설임 속에 자취를 감추고
양심과 희생을 배워야 할 4월은
비겁 속에 소리 없이 내리고
진실과 정의를 가르쳐야 할 5월은 세월의 침묵 속에
무심히 흐르고 있습니다
아무 소리로도
아무런 몸짓으로도
진실을 가르치지 못하고
계절의 한가운데 서서 푯대도 없이 떠도는
부끄러운 육신입니다

보충수업, 자율학습 속에 순백의 싸리꽃은

소리 없이 피었다 지고

수치의 자리매김에 어린 가슴들은

미소를 잃고 멍이 드는데

침묵을 핑계로 오월의 하늘을 외면한 채 고개 숙인

내 어깨 위로 들리는

닮은꼴들의 외마디 절규가 비수 되어 가슴을 찌릅니다

참되거라 바르거라 가르쳐 주우신 스~승의 은혜는……

우금치

대지를 흔들던 그대들의 함성
한 맺힌 사연으로, 겨레의 슬픔으로
강물 되어 흐르네
질곡(桎梏)의 세월, 짓밟힌 가슴들
늘어만 가던 한숨 소리
어둠 속에서의 까마득한 날들
원통해 원통해
떨치며 일어서 인간 세상 만들려
억센 잡초 되어 꿋꿋이 외치다
가시에 찔려 붉게 흐를지라도
엎어져 깨어져 부서질지라도
주저하지 않았으리
끝내 세상 뜻 이루지 못해
차마 눈 감지 못한 그대들이여
세상 끝 질긴 세월을
한숨으로 보냈을지라도
우금치 마루에 서린 정기
역사의 강물 되어 길이길이 흐르리니

세상은 세상은
그대들의 꽃다운 넋, 우렁찬 함성
온몸으로 감싸안으리니

탈고(脫稿)

제 한 몸 불살라 세상을 수놓는 나뭇잎
촌부(村夫)의 이마에 맺히는 땀방울
가을날의 세상이
아름다움으로 불릴 수 있는
존재의 이유입니다
여기,
작지만 옹골찬 점들이 모여
일구어 가는 쉼 없는 몸짓이 있습니다
점들이 모여 선으로, 선과 선이 다시 원으로
서로 당겨 주고 밀어 주며
만들어 가는 존재의 충만함
어눌한 언어, 가녀린 몸짓일지라도
하나 되어 일구는 내밀한 부드러움
둥근 세상에 떨리는 마음으로
햇것 하나 담아내 봅니다

한강

청청하게 내달리던 발걸음이
영문도 모른 채 멈춘 자리
미라 되어 널브러진 국화꽃 사이로
박꽃 같은 얼굴만 일렁이고

어디선가 흐느끼는
삼키지도 못한 키 낮은 울음
네가 사라지던 그 밤에
조각나 버린 삶의 퍼즐들
왜 소리도 없이 통곡해야 하는가

물길 잃어 흐름을 멈춘 강심 속으로
너의 뜨거운 숨결이
마지막 물방울로 차갑게 가라앉던 날

붉은 청춘을 송두리째 앗아간
그 밤의 끝에서
침묵하는 흑색 기억들

기도 2
- 수능을 앞둔 제자들에게

빛과 어둠
치열한 사투의 정점에서 비옥한 계절을 꿈꾸며
간밤에 잃어버린 흔적을 찾아 모이던 발걸음들

한 해 두 해 그리고 또 한 해
썼다가 지우고 지웠다가 다시 또 쓰고
신열 앓으며 시난고난 이어 온 고뇌의 나날들

그래,
아프게 몸을 섞어야만 흐르는 물처럼
잠든 나를 깨워 경계 너머를 소망하며
숨은 진리를 찾아 비상하던 청춘의 날갯짓

마침내
향기로운 무늬로 수를 놓으며
튼실히 영그는 햇것들의 눈부신 향연이여

그대들

십 대의 종착역은

살가운 달빛처럼 포근하리라

수인(囚人)

조기를 내걸고,
아침 사이렌에 맞춰 고개를 떨구었다
누구를 위한 묵념인지도 모른 채, 우리는
아득한 추락에 몸을 맡기는
길들여진 수인이었다
아비들은 40년 전 밀림의 땅 남국에서
이제는 아들들이
모래바람 몰아치는 사막에서
포화에 널브러진 아라비아 소녀들의 가슴에
또 다른 방아쇠를 당긴다
가을빛이 강물처럼 서러워지는 날,
창백한 낮달처럼 야위어만 가는
식민지 백성들의 메마른 신음소리

거북의 꿈

신비스러운 동화의 나라

야무진 꿈을 지키며 살아가는 성실의 초상

스스로 불러들인 운명이기에

벗어 버릴 수 없는 각질의 굴레에 젖어

고개만 내밀고 가야 하는

눈치만 높이며 가야 하는

하나의 세계가 있다

단단한 허울에 온몸이 감싸인 채

어둠의 찬사도 마다 않는 느림의 미학

아, 때로는

절벽을 오르려 발버둥 치다가

세상을 등지고 무너져 내리는

존재의 참혹함

벽

교무실에 앉아 복도를 바라본다
블라인드 틈새로 흔들리는 건
사위를 서성대는 아이들의 그림자
그들의 모습은 어디에도 존재하지 않는다
눈을 씻어 그들의 얼굴을 볼 줄 모르고
귀를 기울여 그들의 웃음소리를 듣지 못하며
가슴을 열어 그들의 마음을 읽지 못한다
보이는 건
벽 안에 갇힌 채 빈 가슴만 쓸어내리는
절름발이 사내의 모습뿐

불임시대

아파트 거실에 앉아 베란다를 바라본다
거기 또 하나의 세상이 꿈꾸고 있다
바람 소리 몰고 오는 짙푸른 벤자민 두 그루
검푸른 머릿결 풀어 헤친 스무 줄기 동양란
치자꽃은 달빛에 향기 더욱 푸른데,
봄날부터 화분에 갇힌 토마토 세 그루
꽃도 피우지 못하고 꺾일 듯 가는 줄기로
허공을 움켜잡은 채
대지를 향한 그리움으로
자유를 향한 몸부림으로
처연히 떨고 있는데
그렇게 꿈의 잔해들이 부서져 내리는데,
오늘도 9시 뉴스는 부도난 대선 정국에 신음하고 있다

야간자습

감 이파리 밤비에 화들짝 놀라 주저앉는다
어둠 속을 유영하는 섬뜩한 유혹에
창 안의 육신들이 고물고물 신화를 꿈꾸는 밤
넘고 싶다
뛰어넘고 싶다
저 붉은 벽 너머의 세상
등불에 젖은 서른다섯 닮은꼴들의 용트림
일상과 벌이는 처절한 사투
애처로이 담을 넘는 신음소리
산화하듯 부서져 내리는 푸른 시간들
서러운 꿈들조차 날개를 접은 채 주저앉는다

헌 책방에서

미닫이 문턱을 넘어서면
허름한 세월이 널려 있다
낡고 바랜 보물들이
오밀조밀 가슴을 맞대고 누웠거나
나란히 줄지어 서서 정담을 늘어놓는다
샹들리에 불빛 아래서
예쁜 옷으로 치장한 젊음은 아닐지라도
무지의 머릿속에서 오래도록 유영하거나
삭막한 가슴들을 촉촉이 적셔 주다가
삶의 언저리에서 미소 짓는
마지막 열정
거기
소리 없는 연륜이 쌓인다
무너지지 않는 하나의 신화가 굳건하다

당신의 세월
– 교단을 떠나는 이 시대의 큰 스승께

40년 세월
강물은 굽이쳐 흐르며
물줄기를 여러 번 돌려 세웠습니다

돌아보면
당신이 걸어온 발자국 위엔
금빛 찬란한 수사도
무지갯빛 화려한 영광도
함께 따라다니지 않았습니다
그러나 당신은
어둠에 묻힌 길 아닌 길에서
빛을 찾아 헤매던 어린 양들에게
올바른 길을 인도하시던 천사이셨습니다

아늑한 보금자리에서
생명의 씨앗을 튼실히 싹 틔우기 위해
다사로운 손길로 어루만지시던 어버이셨습니다

당신은 음지에서
많은 눈물과 한숨
그리고 참 많은 걸 잃어버리며
우리들을 위해 오롯한 외길을 걸어오셨습니다

오늘도 변함없이
아늑한 그늘을 늘어뜨리며
한 그루 나무로 서 계신 당신

이젠
당신의 옷자락에 맺힌
연륜의 향기에 취하고 싶습니다
가슴속을 굽이쳐 흐르는 물결에
묵묵히 지켜 온 당신의 세월을 담아내고 싶습니다

신례원

파도처럼 술렁이는 세월
창말의 거리에 인적이 멀다
해장국집 늙은 촌부의 담배 연기 속으로
거친 삶의 파편들이 쏟아지고
가판대 잡지 속을 거니는 반라의 여배우
그 헤픈 눈동자에 밤꿈이 어리면
명멸하는 네온사인에 몸부림치는 노래방 인생들
공장문을 나서는 여공들의 피곤이 묻어나는 발걸음,
굽 낮은 슬리퍼 소리에 흔들리는 그들의 미래
토악질하듯 길바닥에 내동댕이쳐진 일상의 잔해 위로
안락을 꿈꾸는
장항행 밤 기차는 몸을 뒤척인다

산다는 건

엘리베이터 고장 중
굳게 닫힌 은빛 세상을 뒤로하고
똑같은 모양과 똑같은 높이의 비상계단을
터벅터벅 돌아 내린다
허청대는 발걸음에
운명을 재촉하는 내리막 인생
8
　7
　　6
　　　5
　　　　4
　　　　　3
　　　　　　2
　　　　　　　1
비상구를 나서면
불꽃 이글거리는 한여름 오후
녹아내리는 정신이 발에 밟힌다

겨울 곰나루에서

낮게 웅크린 바람 무리지어 피어나는 저녁
강심을 사로잡는 나그네의 헛헛한 눈길
종일토록 뒤채이던 강물
해맑은 파안(破顔)으로 화답하더니
이내 황혼에 젖어 얼굴 붉힌다
비늘마저 벗어던진 저 눈부신 나신(裸身)을 보라
낙엽처럼 나부끼는 일상이면 어떠랴
나목처럼 흔들리는 인생이면 어떠랴
어둠 속을 자맥질하는 강물의 용트림
마침내 침묵의 하늘을 흔들어 깨우다
사선으로 나부끼는 눈발들의 맹렬한 산화
오랜 세월 아픈 기억 뜨거운 입맞춤으로 감싸안은 채
저리 나목처럼 침묵해야 하지 않겠는가
저리 강물처럼 도도해야 하지 않겠는가

사람의 향기
그리운 날에

ⓒ 김형규, 2024

초판 1쇄 발행 2024년 7월 22일

지은이   김형규
펴낸이   이기봉
편집   좋은땅 편집팀
펴낸곳   도서출판 좋은땅
주소   서울특별시 마포구 양화로12길 26 지월드빌딩 (서교동 395-7)
전화   02)374-8616~7
팩스   02)374-8614
이메일   gworldbook@naver.com
홈페이지   www.g-world.co.kr

ISBN   979-11-388-3371-4 (03810)

• 가격은 뒤표지에 있습니다.
• 이 책은 저작권법에 의하여 보호를 받는 저작물이므로 무단 전재와 복제를 금합니다.
• 파본은 구입하신 서점에서 교환해 드립니다.